LE

RAJEUNISSEMENT DE LYON

LE
RAJEUNISSEMENT
DE LYON

POÈME

Par M. Edouard SERVAN DE SUGNY

Membre de l'Académie et de la Société littéraire de Lyon, correspondant de la Société impériale
d'Emulation de l'Ain, de la Société académique du Puy, de la Société
Industrielle de Saint-Etienne et de la Société d'Emulation de Nantua.

Lugdunum jacet, antiquo novus orbis in orbe :
Lugdunumve vetus orbis in orbe novo.
Quod nolis, alibi quæras : hic quære quod optas ;
Aut hic aut nusquam vincere vota potes.

SCALIGER.

Lyon, fier possesseur d'une rive féconde,
Semble un monde nouveau jeté dans le vieux monde,
Et, grâce aux arts divers cultivés par ses soins,
Répond à tous les goûts comme à tous les besoins.

(Traduction de feu Jules SERVAN DE SUGNY).

LYON

IMPRIMERIE D'AIMÉ VINGTRINIER

Quai Saint-Antoine, 36

1856

Plusieurs personnes m'ont engagé à livrer à l'impression cet opuscule poétique, accueilli avec une si grande bienveillance dans une récente solennité littéraire. J'ai cru devoir déférer à leur avis. D'autres auraient pu traiter ce sujet avec plus de talent, mais nul ne l'eût fait avec plus de sincérité et d'entraînement que moi. J'aime Lyon de cette affection qu'on a pour de bons, de vieux compagnons d'enfance, avec qui on n'a jamais eu que d'agréables rapports.

Lyon a eu comme moi ses jours pénibles, mais il éprouve un bonheur que j'admire sans le lui envier : il va rajeunir. L'homme gagnerait-il à retourner en arrière ? C'est une question qui, depuis longtemps, est négativement résolue pour moi. Quant aux villes, c'est autre chose ; on peut même dire qu'il y a là tout profit pour elles, puisque, sans repasser par les mêmes phases néfastes, sans payer tribut à de nouvelles souffrances, elles voient, en quelque sorte, recommencer leurs destinées. Il vaut mieux être de pierre que d'avoir un cœur.

Cette pièce de vers a subi quelques changements et additions depuis que je l'ai lue au sein de l'Académie de Lyon, dans sa séance publique du 22 janvier 1856.

LE

RAJEUNISSEMENT DE LYON

POÈME

L'homme passe ici bas un petit nombre d'ans,
Mais ce qu'il a créé dure bien plus longtemps.
Des anciens Pharaons a disparu la race,
Et leurs hauts monuments couvrent au loin l'espace ;
Romulus, par le fer, périt rapidement,
La ville qu'il fonda vit éternellement.
Aux cités, néanmoins, comme à l'humaine espèce,
Arrive l'heure enfin de la sombre vieillesse ;
Le temps injurieux leur fait plus d'un affront,
Et les rides aussi se gravent sur leur front.
Mais chez elles du moins, destin plus favorable,
Cet outrage des ans n'est point irréparable :
La pioche, le marteau, l'instrument du maçon
Leur redonnent l'éclat de la jeune saison,
Et l'œil du voyageur contemple, avec surprise,
Une jeune cité sur son aïeule assise.

Fourvière, dont le nom vient de *Forum vetus*,
Est le premier endroit où le consul Plancus
Fonda notre Lyon, faible dans sa naissance.
Mais insensiblement, quittant cette éminence,

Ses habitants d'Arar (1) recherchèrent les bords,
Puis enfin jusqu'au Rhône arrivèrent; alors,
Remplissant par degrés les places encor nues,
De nouvelles maisons vinrent former des rues.
Mais, des alignements la loi n'existant pas,
On bâtissait en haut, on bâtissait en bas,
En avant, en arrière, où l'on voulait, n'importe :
C'était un vrai chaos, pour tout dire; de sorte
Qu'à la suite des temps, et petit à petit,
La gauloise cité de la terre sortit,
Grande, point régulière, et n'offrant à la vue
Que tortueux sentiers, que routes sans issue.
De nobles monuments l'ornèrent toutefois;
Là, l'indigent malade eut un palais de rois (2) ;
Il s'y fit de beaux quais, deux places magnifiques,
Et des temples divins, aux voussures gothiques,
Dont les superbes tours de loin se remarquaient;
L'air seul et la lumière à tout cela manquaient.
De Tantale, d'ailleurs, réalisant l'histoire,
Sur deux fleuves placé, Lyon ne pouvait boire ;
Que dis-je? il ne le peut même encore aujourd'hui,
Car l'eau n'arrive pas librement jusqu'à lui;
A l'aide d'un piston il l'arrache à la terre,
Et du nerf de ses bras sa soif est tributaire.

Ces choses vont changer; un énorme abatis
De sordides maisons, d'ignobles appentis,
Entre deux grands quartiers déjà fraie un passage,
Et l'on verra bientôt, précieux avantage,
S'unir, par un chemin plus splendide et plus court (3),

(1) La Saône.

(2) L'Hôtel-Dieu, un des plus remarquables de l'Europe par son archi-
tecture et par son étendue.

(3) La rue Impériale qui aura 22 mètres de largeur et deux places sur
son parcours.

Aux opulents Terreaux le noble Bellecour.
Le Commerce, chéri d'une cité qu'il aime,
Verra ceindre son front d'un brillant diadème,
Et pourra, roi logé dans son propre palais,
Y coter les valeurs, y rendre ses arrêts (1).
Sans essuyer la pluie et sans gagner des rhumes,
Le villageois vendra ses fruits et ses légumes
Dans un marché soustrait aux injures de l'air (2).
Les eaux du Rhône, entrant dans des tuyaux de fer,
A de nombreux bassins arriveront filtrées,
Et, d'un rude travail désormais délivrées,
Nos servantes iront, en bénissant leur sort,
Au lieu de la pomper, puiser l'eau sans effort.
Par de vastes égoûts la ville traversée,
De ses fangeux courants sera débarrassée :
Tant de maux ont suivi leur établissement
Que nous méritons bien un dédommagement (3).
Partageant de Paris l'utile privilége,
D'un grand réseau ferré Lyon sera le siége,
Et pourra s'élancer, d'un vol prompt et hardi,
Vers l'occident, vers l'est, le nord et le midi (4).
On dit même, et je veux en accepter l'augure,
Qu'environnant Lyon d'une verte ceinture,

(1) La Bourse et le Tribunal de commerce seront réunis, comme à Paris,
dans un seul local, qui doit être fort beau.

(2) Ce marché couvert aura sa place entre la rue Buisson, rectifiée, et
le quai de Retz. Lyon jusqu'ici n'en avait eu qu'un seul, celui de la Marti-
nière, qui était insuffisant.

(3) On sait, en effet, que, durant plusieurs mois, les principales rues
de la ville ont été converties en profondes tranchées, où quelques personnes
se sont laissé tomber, et dont s'exhalaient, en outre, des miasmes auxquels
on attribue bien des maladies qui ont régné à Lyon pendant l'automne
de 1855.

(4) Les chemins de fer de Paris, de la Méditerranée, de Bordeaux (Grand-
Central), de Genève, de Grenoble, d'Aix-les-Bains et de Chambéry, abou-
tissent ou aboutiront à Lyon.

On fera, tout autour de ses puissants remparts,
Courir, comme à Paris, de larges boulevards ;
Et que, de la Croix-Rousse au roc de Pierre-Scize,
Une arche de géant, solidement assise,
Traçant au haut des airs un sublime chemin,
Fourvière et les Chartreux se donneront la main.
On dit qu'un bois, orné d'eaux vives, de cascades,
Devers la Tête-d'Or formant des promenades,
Aux yeux du Lyonnais, de plaisir transporté,
Dans des chars élégants montrera la beauté (1).
Puisse-t-on n'y pas voir, comme au bois de Boulogne,
Se consommer du duel la sanglante besogne,
Ni l'affreux suicide, en un taillis secret,
Se briser le cerveau d'un coup de pistolet !
On dit qu'un casino superbe, d'un bon style,
Offrant aux étrangers un agréable asile,
Réunira concerts, bals, déclamation,
Et d'un charme de plus embellira Lyon ;
Ou qu'au moins ce local retiré, solitaire,
Cénacle au temps passé des vierges de Saint-Pierre,
Que de l'agiotage épouvante l'argot,
A la musique, aux vers retournera bientôt ;
Ces sons harmonieux, qu'un chœur d'anges écoute,
Des âpres cris du jour consoleront sa voûte (2).
On dit que la Science et les Lettres, ses sœurs,
Dans une autre Sorbonne auront leurs professeurs,

(1) Un traité vient d'être passé entre la Ville et les Hospices, proprié-
taires des terrains de la Tête-d'Or, pour la réalisation de ce projet.

(2) Ce que je présente ici comme un *on dit* est l'objet des vœux de tous
ceux qui, à Lyon, aiment la musique et la poésie. Un casino manque à la
ville, et tôt ou tard il s'en construira un ; mais, en attendant, il serait à
désirer que l'ancien réfectoire des religieuses de Saint-Pierre, où se tient
aujourd'hui la Bourse, recouvrât une destination qui fut longtemps la
sienne et que les réunions musicales et littéraires y eussent lieu de nouveau.

L'expression de *chœur d'anges*, dont je me sers, désigne ces nombreuses
statues de saints et d'esprits célestes qui décorent les murs de cette salle.

Et n'emprunteront plus pour verser la lumière
Un palais où les Arts veulent leur place entière (1).
On dit.... mais là dessus je ne saurais finir;
Lyon doit être enfin, dans un proche avenir,
Une immense cité, riche, monumentale,
De l'Empire Français seconde capitale.
Ce progrès toutefois, ces nouvelles beautés,
Par plus d'un sacrifice ils seront achetés :
Pour posséder un bien il faut manquer d'un autre,
C'est le sort ordinaire et c'est aussi le nôtre.
Une rue existait qui disait aux passants
Que la belle Cordière y vécut en son temps,
Que cette illustre Muse, honneur de notre ville,
Tint là sa noble cour, en beaux esprits fertile.
Le nom de cette rue, hélas! a succombé,
Et tu ne vivras plus, ô Louise Labé,
Toi qui du simple peuple obtenais les hommages,
Que dans le souvenir de savants personnages (2).
Au pied de Sainte-Foy, de ce riant coteau
Qui produit du bon vin et se mire dans l'eau,
Un sentier serpentait le long de la rivière,
A travers des débris tout verdoyants de lierre.
Qu'a-t-on fait de ces lieux, jadis chers à Rousseau,
Chers à moi-même aussi, quand j'étais jouvenceau,
Car j'allais m'y bercer de chimères futures ?
On en a fait un quai praticable aux voitures,
Mais ne méritant plus son doux nom d'autrefois :
J'admire un beau chemin, je pleure les Étroits.
Tombeau des Deux Amants, temple de l'Observance,

(1) Les cours publics de la Faculté des Sciences et de celle des Lettres
se font au Palais-des-Arts.

(2) Depuis que la lecture de ces vers a eu lieu, il est intervenu une
décision municipale qui transporte à la rue Bourgchanin le nom de *rue
Belle-Cordière*, qu'avait fait disparaître l'ouverture de la rue Impériale.
Au moins ce surnom, si justement cher aux Lyonnais et qui leur rappelle
une femme à jamais célèbre, sera toujours visible à leurs yeux.

Où les Grands Cordeliers, pâlis par l'abstinence,
Priaient à deux genoux, mains jointes, les pieds nus ;
Et vous, ô Jacobins, qu'êtes-vous devenus (1)?
L'utilité parla, l'on vous jeta par terre ;
Puisse cette Vandale à l'avenir se taire !

Trois villes autrefois, à l'ombre de Lyon
Vivaient séparément, chacune avec son nom,
Chacune se donnant certains airs d'importance (2);
Cet abus a cessé. Dans une enceinte immense,
Trois cent mille habitants respirant à la fois,
Ayant mêmes devoirs, usant des mêmes droits,
Font d'une multitude, en divers lieux semée,
Une grande cité, forte comme une armée.
Vingt bastions d'ailleurs en défendent l'abord,
Et, des rois contre nous dût renaître l'accord,
Les ennemis, jaloux de notre indépendance,
Sous les murs de Lyon perdront leur arrogance.
Auprès de la Part-Dieu, voyez ce bâtiment
Où le bruit du clairon retentit fréquemment :
De trois mille soldats c'est le commun asile ;
Ces disciples d'un art terrible, mais utile,

(1) Le Tombeau des deux Amants et l'église de l'Observance ont été démolis pour agrandir les dépendances de l'École Vétérinaire. Quant à l'église des Jacobins, elle a été rasée, en 1824, pour dégager les abords du cloître de ces anciens religieux, converti en Hôtel de la Préfecture. Cette église était d'un bon style ogival et rappelait de grands souvenirs. C'est là, notamment, que fut élu le pape Jean XXII. On songe maintenant à rebâtir une église dans ce quartier, qui en est dépourvu, et la démolition de la Préfecture est arrêtée, dans le but d'ouvrir un prolongement à la rue Centrale jusqu'à la place Bellecour. Que de dépenses inutiles et que de fausses entreprises on a faites autrefois à Lyon!

(2) Les villes de la Guillotière, de la Croix-Rousse et de Vaise forment aujourd'hui les 3e, 4e et 5e arrondissements de Lyon.

Manœuvrant chaque jour le tube aux grandes voix,
Apprennent à pointer cet arbitre des rois (1).
Perrache, ce terrain conquis sur des eaux mortes,
Maintenant dans Lyon, jadis hors de ses portes,
D'armes de toute espèce a d'immenses dépôts (2).
Sûrs d'être protégés, dormons donc en repos.
Et pour meilleur appui n'avons-nous pas encore
La Vierge dont Fourvière à nos yeux se décore ?
Voyez : elle nous tend ses deux bras maternels,
Pour mieux nous attirer vers les biens éternels (3).

Bellecour c'est Lyon, comme la Cannebière
C'est Marseille ; en ces lieux chaque ville est entière.
Pourquoi donc Bellecour n'est-il pas plus orné ?
Le monarque de bronze en paraît étonné.
Successeurs des tilleuls, ces marronniers arbustes
Dans soixante ans à peine auront des troncs robustes.
Et l'enfant qui folâtre à leurs pieds aujourd'hui,
Pour marcher sous leur ombre aura besoin d'appui
Que ne fait-on ici jaillir une eau limpide ?
Que ne gazonne-t-on ce terrain sec. aride,
Et n'y rétablit-on ces deux Fleuves d'airain
Que des frères Couston fit respirer la main ? (4)

(1) Le Polygone de Grenoble a été transféré à Lyon.

(2) L'Arsenal est situé à Perrache.

(3) Lyon avait inauguré sur le clocher de Fourvière la statue de la
Vierge-Immaculée avant même que la Cour de Rome eût érigé en dogme
cette pieuse croyance.

(4) Les statues colossales en bronze du Rhône et de la Saône, qui avaient
été enlevées, pendant notre première révolution, de la place Bellecour,
sont restées, depuis, comme entreposées dans le vestibule de l'Hôtel-de-
Ville, où elles manquent de perspective. Il serait temps qu'elles fussent
reportées à leur ancienne place, pour laquelle elles ont été faites.

La place de Paris qu'on dit de la Concorde,
A l'autre capitale il convient qu'on l'accorde,
Pour que le voyageur, de ses charmes épris,
Pense, en la visitant, être encore à Paris,
Et dans notre cité, qu'à présent il traverse,
Fasse un plus long séjour profitable au commerce.

Si Plancus renaissait, à l'aspect de Lyon
Quelle ne serait pas son admiration !
Le cherchant seulement sur la vieille montagne,
Mais le voyant s'étendre au loin dans la campagne :
« Voilà donc, dirait-il, la ville que mes mains
Fondèrent pour loger quelques bannis romains !
Quelle métamorphose en elle s'est produite !
Elle est grande aujourd'hui, je la fis si petite
Qu'à peine elle couvrait le sommet du coteau :
Je suis fier d'un enfant dont le sort fut si beau.
Achève tes destins, ô ma cité chérie !
Asile des talents, reine de l'industrie,
Tu sais, dans les tissus, unir la soie à l'or ;
Vers les arts de l'esprit tu prends un noble essor ;
Qu'entre tes murs et toi n'existe aucun contraste,
Rends-les aussi pompeux que ton génie est vaste,
Et que le monde entier dise, en t'applaudissant :
Rome dure toujours, mais Lyon va croissant. »

Pour l'homme habile et fort, chargé de nous conduire,
Je dois en finissant faire vibrer ma lyre (1).
Grâces à lui, bientôt notre vieille cité
Sera propre, agréable et pleine de clarté.

(1) M. le sénateur Vaïsse a droit à la reconnaissance des habitants de
Lyon pour le zèle plein de goût avec lequel il travaille à la régénération de
cette ville, et je suis heureux de m'en rendre ici l'organe. Autant la flatterie
dégrade le poète, autant la juste louange l'honore.

Parmi nous cependant il n'a pas pris naissance,
Mais cela même accroît notre reconnaissance ;
Un étranger, d'ailleurs, qui nous traite si bien,
N'est plus un étranger, c'est un concitoyen.
Son front, ô Lyonnais, mérite une couronne ;
Souffrez qu'au nom de tous ma Muse la lui donne.

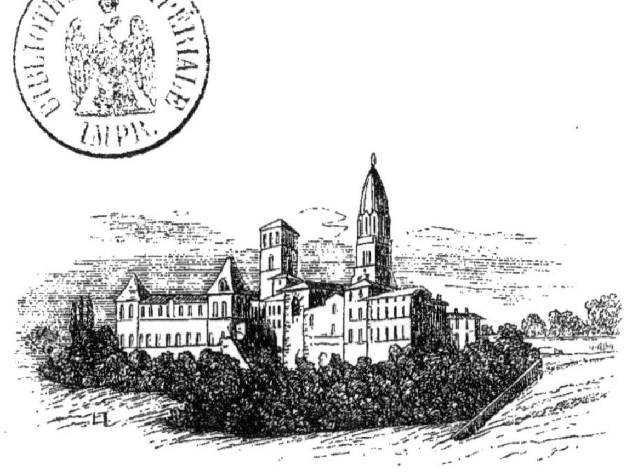

www.ingramcontent.com/pod-product-compliance
Lightning Source LLC
LaVergne TN
LVHW020111070726
842525LV00018B/2693